井上ひさし
「せりふ」集

こまつ座編

新潮社

井上ひさし「せりふ」集　目次

井上ひさし「せりふ」集

まえがき

こまつ座設立30周年、夢のように感じる年月です。

設立当初、日本の演劇界は長い歴史を持ち、盛大な演劇活動をしている劇団がいくつもあり、新参のこまつ座が旗揚げするにあたり、大丈夫という状態ではありませんでした。優秀な人材と俳優を揃え、全国に演劇を広げている劇団と張り合うことなど到底できません。そんな盛大な組織が簡単にできないことは誰の目からも明らかでした。

そこで、こまつ座はどういうビジョンを掲げ、どういう道を歩いて行くのか、当時の代表とスタッフは連日会議をしたという逸話が残っています。

連日の話し合いの結果、ともかく作家である井上ひさしを旗印として、その作品のみをプロデュースシステムで制作し、他劇団や外部に協力を仰ごうという路線が打ち出されました。それがこまつ座のスタートです。

座付作者である井上ひさしには負担の多い、というよりも全責任のかかる中でのこまつ座の出発でした。小説の売れっ子であった当時、戯曲執筆の時間を取るのは並み大抵のことではありませんでした。それでも戯曲にだんだん比重がかかるようになっていったのは、自分の書いた戯曲が現実の生きる言葉となって、まるで手の中の原石が多くの生身の人のぬくもりを通して宝石になっていく、そんな実感があったように思います。

「はじめにことばありき」

作家井上ひさしは私の父でもあり、日常でもとても言葉に厳しい人だったと子供心に記憶しています。曖昧さや無責任な言い逃れは許されませんし、暮らしの中に表現力を持つことの大切さを子供の私たちに説明するのですが、当時は子供だったこともあり、さしたる意味も感じませんでした。しかし、どんなことにも、たとえば人と会ったらどんな人だったのかをよく尋ねられました。正確に観察しユーモアを交えながら話をすると、とても褒められました。言葉は生きているもの、不可欠な水であり、必要な潤滑油と父は生活の中で思っていたのではないでしょうか。

作家であり、劇作家でもあった父が守り続けてくれたこまつ座を引き継ぎ、四年の年月が過ぎました。それは作家の言葉との真剣な対峙の時間であったと痛感します。

一つ一つの作家の言葉の持つ力と芳醇さに魅せられながら、これからもこまつ座は星屑のようなキラキラした、作家の残した言葉を多くの人に届けたいと思います。

この本は、井上ひさし生誕77フェスティバル２０１２特別企画〝井上ひさし「せりふ」展〟の際に選んだ77のせりふに、今回30周年を迎えるにあたり、あらたに30のせりふを追加してできあがりました。

今一度、言葉の持つ魅力を堪能していただけますならば、この上ない喜びでございます。

こまつ座　井上麻矢

井上ひさしのせりふの世界

1　舞台の言葉は、大和言葉で

舞台の言葉は、大和《やまと》言葉で書かないと駄目《だめ》だと思っています。大和言葉は、「走る」「寝る」のように基本語が多く理解が早いからです。漢語を並べたせりふだと、お客さんが聞いて考えたり想像したりしているうちに、次のせりふに移ってしまって追いつけなくなるからです。

つまり、「洗濯」より「洗う」と言った方が、お客さんの反応がちょっと違うのです。で、クリーニングって言うと、意味はわかりますが、洗濯よりもまたさらに時間がかかります。このように、「洗う、洗濯、クリーニング」をはじめ、「決まり、規則、ルール」や「歩く、歩行、ウォーキング」など、僕《ぼく》らは日常的に、大和言葉と漢語と外来語を使い分けているわけです。

2　日本語のもっている強さとか逞しさなんかを感じる瞬間を、ぜひ皆で共有したい

僕が書いたせりふという名の言葉の響きが劇場を満たして、観客が笑ったり、感動したりしてくれて、そこに日本語のもっている強さとか逞《たくま》しさなんかを感じる瞬間を、ぜひ皆で共有したいということなんですね。

3　自分の大事なメッセージを話し言葉のなかに笑いとともに忍び込ませたい

演劇は、自分の表現したものを観客にも共有してもらう装置ですね。同じ意味のことを言葉に乗せて出すにしても、その乗せ方を工夫すると、それが笑いになったりして、その言葉は生涯、受け手の心のなかに残るわけですから、大変なことです。

僕としては、自分の大事なメッセージを話し言葉のなかに笑いとと

もに忍び込ませたいと思っているんです。そんなわけですから、演劇は、大事な素晴らしい装置だと思っています。

4　お客さんたちの胸のなかに、いいせりふのひとつでも残ってくれれば満足です

いずれ僕たちも死んでいくわけです。（略）そうなると、残るのは戯曲だけ。それも、いい芝居になればなるほど、だれが書いたかなんて関係なくなるんです。お客さんたちの胸のなかに、いいせりふのひとつでも残ってくれれば満足です。そこが、演劇のおもしろいところですね。

5　美しい日本語というのは普通の言葉でいいんです

ですから、美しい日本語というのは普通の言葉でいいんです。日常使っているようなごくありきたりな言葉でも、その言葉のもつほんとうの力を戯曲のなかで発揮させることができれば、その局面においては、それが美しい日本語になるということです。

6　人間が言葉を持っている限り、その言葉で笑いを作っていく

笑いは、人間の関係性の中で作っていくもので、僕はそこに重きを置きたいのです。人間の出来る最大の仕事は、人が行く悲しい運命を忘れさせるような、その瞬間だけでも抵抗出来るようないい笑いをみんなで作り合っていくことだと思います。

人間が言葉を持っている限り、その言葉で笑いを作っていくのが、一番人間らしい仕事だと僕は思うのです。

1・6『ふかいことをおもしろく—創作の原点』（100年インタビューシリーズ／PHP研究所刊）より抜粋

2・3・4・5『話し言葉の日本語』（小学館刊）より抜粋

泣く・笑う

涙は各自《てんで》に手分けして
泣くのがいいのですよ。

「頭痛肩こり樋口一葉」

赤ん坊を泣かすも怒らすも簡単ですが、
笑わすのはじつにむずかしい。
このように人びとの頬をゆるめさせるのは
極めつけの難事業。

「キネマの天地」

「うれしい」だけでは心もとないからこそ、
「キンツバを頬張った頬ぺたを
牡丹餅で叩かれたようなうれしさ」という具合に、
比喩の突支棒《つっかいぼう》をかうのだ。
大袈裟であればあるほど、突飛であればあるほど、
比喩という名の突支棒は太くなり、丈夫になり、
そして「うれしい」ということばがたしかなものになる。

「国語事件殺人辞典」

芝居みると、皺がのびる、
腰がのびる、寿命がのびる。

「雪やこんこん」

ひとりごとはアゴは痛まんし、
いうたらいうたで
気分がすっきりする。

「太鼓たたいて笛ふいて」

笑いというものは、
ひとの内側に備わってはいない。
だから外から……つまりひとが自分の手で
自分の外側でつくり出して、
たがいに分け合い、
持ち合うしかありません。

「ロマンス」

ことば・創り出す

言葉こそ、
人間を他の動物と区別する
ただひとつの
よりどころなのであります。

「日本人のへそ」

俳優は百姓になる、漁師になる、
仕立て屋になる、キコリになる、大工になる。
鉄道員にも商人にも軍人にも巡査にもなる。
俳優はこの世に生をうけた
ありとあらゆる人間を
創り出すことができるんです。

「紙屋町さくらホテル」

このままぼんやりしていると
人間としてだめになる。
なにかにしがみついていないと狂ってしまう。
わたしたちを正気に保ってくれるなにか、
それがいっしょに芝居をつくるという
この協同作業であったら
どんなにいいでしょう。

「マンザナ、わが町」

言葉チューものは
人間《ニーゲン》が一生使い続けにゃならん
大事な道具《ドーグ》でノンタ、
そりゃ少しは面倒でも《チーターメンドーシカローガ》、
時にゃ手間暇かけてピーカピーカに
磨き上げるチューのも大切ジャノー。

「國語元年」

新聞に電話に電気スタンドに
ラジオに郊外へのちょっとした旅行に
本屋に喫茶店に呑み屋……
これらはみんな劇作家のからだの一部、
というよりは劇作家の脳そのものです。

「連鎖街のひとびと」

もう待てねえ、
体中に日本語が
貯まるだけ貯まっちまって、
そいつらがぐるぐる渦を巻いて
出口を探しているんだ。

「円生と志ん生」

願いごとというものは、
口から外へ出したら最後、
もう絶対に
叶えられなくなるものなんですって。

「闇に咲く花」

「なあに、ことばのひとことや
ふたことぐらい……」と
軽く考えるのは禁物のようです。

「藪原検校」

おれたち俳諧師の生命《いのち》はことばだ。
百姓には田畑、木樵《きこり》には山、
漁師には海、職人には道具、商人《あきんど》には品物、
それぞれたしかな相手がある。
だが、
こっちが相手にすることばというやつは
屁の支えにもならぬ
頼り甲斐のない代物よ。

「小林一茶」

人の心と言葉、
これはそうやすやすとは
変わりませんよ。

「黙阿彌オペラ」

人を恋シル時《ドキ》、人ど仲良く《ナガエグ》シル時《ドキ》、
人をはげまし人がらはげまされッ時《ドキ》、
いつ《エッ》でも言葉が要《エ》ル。
人《シト》は言葉が無《ネ》くては生きられない《イギランニエ》。

「國語元年」

どこへ行っても満開の桜と雨、
このふたつは変らねぇが、
忌々しいことに言葉だけは
百面相の芸人の顔みてえに
くるくるくるくる変りやがる。

「雨」

毎日が辛いのは当り前じゃないか。
けれどその辛い毎日を支えてくれる息杖《いきづえ》として
お客様の笑顔がある。

「雪やこんこん」

人は誰でも口という楽器を持つス。

「國語元年」

シェイクスピアにも今みたいな場面が多い?
そうですか。
えーと、シェイクスピア、シェイクスピアと……。
新劇のほうの総大将でしたわね。
新劇のほうでは、今みたいな場面をやっても
劇団が潰れたりしないいんですか。
しない?
いいですわね、新劇のお客様はおっとりしていて。

「化粧」

劇場は　夢を見る
なつかしい　揺りかご
その夢の　真実を
考える　ところ

「夢の裂け目」

そういう御見物衆が身銭を切って観てくださるからこそ、
どこの芝居小屋の桟敷にも
大きな力が宿るんです。
すべての拠り所になるような力、
その力がすべてを裁くんです、
作者を、役者を、座元を、
そしてひょっとしたら
御見物衆そのものをもね。

「黙阿彌オペラ」

これでどうだッ！
うわーやられた！
チキショー！
やった！
まいった！
もういっちょうこい！
ああ、感嘆符の、
なんというたのしさゆたかさおもしろさ！

「ロマンス」

壁でいい、紙がなければ壁でもよい。
ペンがなければ、
この十本の指がわしのペンだ。
そしてインクは……
嚙み切った指から吹き出すわしの血。

「それからのブンとフン」

歌手の歌を聞くたびに、ひとは自分たち人間の声が
こんなにも美しいものであったかと気づき、
同時に自分がその人間の一員であることに
誇りを持ちます。
ひとはバレエをみて人間の肉体のみごとさに感動し、
自分にも同じ肉体が備わっていることに
感謝いたします。

「キネマの天地」

わたしたち日本人は、屏風を使って、
一つの座敷を
いろんな場に変えるんだよ。

「夢の痂」

世の中にモノを書くひとはたくさんいますね。
でも、そのたいていが、
手の先か、体のどこか一部分で書いている。
体だけはちゃんと大事にしまっておいて、
頭だけちょっと突っ込んで書く。
それではいけない。
体ぜんたいでぶつかっていかなきゃねえ。

「組曲虐殺」

新しみを責めて、攻めて、せめぬく。
この気迫だけが傑作、
名作を生むのであります。

「芭蕉通夜舟」

恋・友情

わたしたちはどうして
女に恋してしまうのでしょうな。
会うときは待たされる、贈物はさせられる、
食事代と荷物は持たされる、機嫌はとらされる、
気はもまされる……不利益ばかりだ。
利益といえば、
ときどきニッコリ笑ってもらうだけなのに。

「連鎖街のひとびと」

きみなしでは世界はいびつ
きみがいてこそ世界はまるい
もう——
おわるんだ
ひとりぼっちの
かなしい夜は
もう——
ともだちとあえたから

「決定版　十一ぴきのネコ」

自分のだめさ加減を
率直に語ってくれる人が
貴重になるわけですよ。
みんな、だめなのはおれ一人じゃないと
慰められますからね。

「人間合格」

竹造　あの日、図書館に入ってきんさった木下さんを一目見て、珍しいことに、おまいの胸は一瞬、ときめいた。そうじゃったな。

美津江　……。

竹造　そのときのときめきからわしのこの胴体ができたんじゃ。おまいはまた、貸出台の方へ歩いてくる木下さんを見て、そっと一つためいきをもらした。そうじゃったな。

美津江　……。
竹造　そのためいきからわしの手足ができたんじゃ。さらにおまいは、あの人、うちのおる窓口へきてくれんかな、そがいにそっと願《ねご》うたろうが。
美津江　……。
竹造　そのねがいからわしの心臓ができとるんじゃ。

ちか　おらだでも恋ができるがどうかわかんねども、
先を契った人がいます。
村の人が誰でも全部するように。
とのさま　おお、それは恋じゃやねえ。
ちか　じゃ愛かもしれませんし。

「うかうか三十、ちょろちょろ四十」

ここまで恋の糸がこんがらかってしまうと、
大事なことはただひとつ、
四人がそれぞれ
自前の眼力で
相手の真実を見抜くこと。

「もとの黙阿弥」

恋人にふられたら、

「よかった、女性が彼女一人じゃなくて」

とおもうこと。


「ロマンス」

友情の宝石がひとつでも持てたら、
生れてきた甲斐がある。

「人間合格」

もしもこの世に
神様がおいでになるとしたら、
その神様とは、
じつはほんとうのお友だちのことを
云うのではないか。

「貧乏物語」

生と死

わたくしたちはホテルのりっぱな料理店へ行かないでも、
きれいにすきとおった風をたべることができます。
コカコーラの自動販売機なぞなくとも、
桃いろのうつくしい朝の日光をのむことができます。

「イーハトーボの劇列車」

猫の中でこれから何か
大きな仕事を出来そうな可能性のあるのは
野良猫だけなんですよ。
ぼくたちが、絶えず抱いている
飢え死するんじゃなかろうかという不安は、
おそらく、
すべての猫を前進させる鞭《むち》なんです。

「十一ぴきのネコ」

これをしたい、
あれをしたいという欲は
みんな捨てるしかないのよ。
そしてたったひとつ欲をのこして、
その欲を成就したいと願うばかり。

「頭痛肩こり樋口一葉」

おまえは生きている
ほんとうに生きている
美しい明日を
美しい明日を
おまえが持っているなら
ほんとうに持っているなら

「表裏源内蛙合戦」

わたしもなにかにすがろうとしているときは
地獄にいました。でも、あるとき、
いつもなにかにすがろうとするから、
しあわせじゃないんだって気がついたんです。
それでこう決めました。
ひとにすがるんじゃなくて、
ひとにすがられるようにならなくちゃって。

「太鼓たたいて笛ふいて」

五分後に死ぬと決まっているなら、
いま、この瞬間になにをすればいいか。

「紙屋町さくらホテル」

君には誰も道連れはいない。
つねに独り行く、つねに独り歩くのだ。
よいか、自分を救ってくれるものは自分よりほかにはない。
師も同僚も単なる橋渡し、悟りを選ぶのは
あくまでも自分ひとりなのだよ。
他人は月を指す指のごときもの。
そこに月はない。月はその指の延長線上にある。
延長線を辿《たど》り、月を見るのは自分さ。

「道元の冒険」

わたしもせいぜい、
いい夢を見るようにしなくちゃ。

「闇に咲く花」

身投げなんてものはね、
なんの能もないが一所懸命に生きているのに、
だんだん詰まる瘦世帯《やせじょたい》、
結句《けっく》、
貧乏ゆすりさえできねえほど
追いつめられた連中がするものなんだよ。

「黙阿彌オペラ」

うちゃあ生きとんのが申し訳のうてならん。
じゃけんど死ぬ勇気もない《なー》です。
そいじゃけえ、できるだけ静かに生きて、
その機会がきたら、
世間からはよう姿を消《きゃ》そう思うとります。
おとったん、この三年は困難の三年じゃったです。
なんとか生きてきたことだけでも
ほめてやってちょんだい。

「父と暮せば」

明日の生活を
楽しく力強いものにするために、
今日、すこしの勇気と
すこしの愛で
生活の方向を変えてみる。

「ロマンス」

働いて、ごはんをたべて、
眠って、また働く。
決まってるじゃない。

「夢の痂」

溜息は命を削る鉋《かんな》かな。
生きていてなにが辛いといって
溜息をつくぐらい
辛いことはねえんだぞ。

「雪やこんこん」

地球はリサイクルの王様
その力によって
わたしたちは生かされている
というよりも
水から生まれたのだから
わたしたちは水そのもの

「水の手紙」

いのちのあるあいだは、
正気でいないけん。
おまえたちにゃーことあるごとに
狂った号令を出すやつらと
正面から向き合ういう務めがまだのこっとるんじゃやけえ

「少年口伝隊一九四五」

あなたの「金への執着」も、
わたしの「学問への執着」も、
所詮は悪あがきかもしれません。

「藪原検校」

生きていればいろいろとつらいことがおきる。
いや、つらいことの連続が人生だともいえる。
だが、ひとはそれぞれ自分の仕事を通して
一つ一つそのつらいことを乗り越えて
ほんものの人間に近づいて行くんだよ。

「連鎖街のひとびと」

なぜにぶつかったら、
そこに立ち止まって考える。
これしか人間の生き方は
ないのかもしれない。

「兄おとうと」

三度のごはん
きちんとたべて
火の用心　元気で生きよう
きっとね

「兄おとうと」

そう慌てるな。
死ぬには熟練はいらぬ、
稽古もいらぬ、修業もいらぬ。
熟練がいるのは
生きることについてだけじゃ。

「イヌの仇討」

人生はね、
自分でつくるものでしょう。
前へ進むんですよ、
振り返らずに。

「雪やこんこん」

人間

だって生れてくるのは奇蹟なのだもの、
その奇蹟がなにかまた
新しい奇蹟をおこすかもしれなくてよ。

「きらめく星座」

狂ってはなりません。
いや、わが子といっしょに狂おうか。
いや、狂うはたやすい道。
九分九厘までは畜生同然だけれど、
すくなくとも一厘の「人の心」がこの胸に在《あ》る。
人でありつづけようとするならば
狂ってはなりませぬ。

「日の浦姫物語」

いまいる場所は
神様から大事な道具として
あたえられたものだよ。

「兄おとうと」

人間がほんとうに
歴史からなにかを学んでいるなら、
一度やった失敗は
二度と繰り返さないはずよ。

「それからのブンとフン」

近々《ちかぢか》死ぬと分かれば
こんなにやさしくなれるのに。
不思議だもな、人間て……。

「泣き虫なまいき石川啄木」

貧しくて若いということが、
どんなに素晴らしい宝なのか、
道元君、君にはわからないのかね?
貧しければ変えようと考え、
頑張ろうと思う。

「道元の冒険」

希望を捨ててしまえば、
おどろくほど元気になれるものなんですよ、
もちろん
空《から》元気ってやつですがね。

「化粧二題」

だれかと恋だの喧嘩だのをすること、
それもそのひとつひとつが奇蹟なのです。
人間は奇蹟そのもの。
人間の一挙手一投足も奇蹟そのもの。

「きらめく星座」

歴史の本はわたしたちのことを
すぐにも忘れてしまう、
だから、わたしたちが
どんな思いで生きてきたか、
どこでまちがって、
どこでそのまちがいから出直したか、
いまのうちに書いておかなくてはね。

「太鼓たたいて笛ふいて」

なぜ人間のこころは
たがいに通じあわないのか。
こころを通じあわせるには、
人間はどう変ればいいのか。

「シャンハイムーン」

餡ぱんのへそに塩漬の桜の花をおく。
この工夫は永久に伝えられることと思う。
人間の仕事って……
おかしなものね。

「しみじみ日本・乃木大将」

人間の脳の表面積は
新聞紙にたとえて
一ページ分くらいなものだ。
しかしその新聞紙大のものが
健康に働けば、
この大宇宙を包んでしまう。

「シャンハイムーン」

人間が、自分のことを、
世の中にあるもののなかで
いちばんばかで、めちゃくちゃで、
まるでなっていないと思い、
それに徹したとき、
まことの力があらわれるのです。

「イーハトーボの劇列車」

みんな人間よ
同じ人間
怖がってはだめ
見下してもだめ

「箱根強羅ホテル」

ひとはもともと、あらかじめその内側に、
苦しみをそなえて生まれ落ちるのです。
だから、生きて、病気をして、
年をとって、死んで行くという、
その成り行きそのものが、苦しみなのです。

「ロマンス」

過去の失敗を記憶していない
人間の未来は暗いよ。
なぜって同じ失敗をまた繰り返すに
きまっているからね。

「闇に咲く花」

お日さまを信じ、
お月さまを、地球を、
カビを発酵させる大地の営みを信じて、
一人で立っているしかないのよ。

「太鼓たたいて笛ふいて」

希望ということばを
作り出してしまった以上、
たとえ不幸になろうが、
希望を持つことが
ひとのつとめなの。

「貧乏物語」

世の中

闇がなければこの世は闇よ。

「夢の裂け目」

地球の色はすべて美しい。

「マンザナ、わが町」

なぜ月はあんなにも美しいのだろう。
なぜだ?
たぶん、月に持主がいないからだろう。

「芭蕉通夜舟」

星の動きはだれが見ても同じです。
さういふ堂々たる論理で
國の経営を行つてもらへるなら、
もつとずつと日本が
好きになれるんですがね。

「きらめく星座」

誰一人として
「わたしが戦さをはじめました」って
云い張る人はいないよ。
みんな、
「戦さになってしまって」とか、
「戦さが起ってしまって」とか
云ってるよ。

「花よりタンゴ」

頭の中にサソリを飼った連中が、
世の中にはいるんですなあ。

「私はだれでしょう」

急げばきっと
薄いところが出来てくる。
そしてかならずや
その薄いところから破れがくる。

「黙阿彌オペラ」

月が明るく下界を照らしてくれています。

「ムサシ」

あの悲しい戦争体験から
引き出されるべき教訓はただ一つです。
すなわち、
「明日のことはわからない、
今ある酒は今日のうちに呑め」。

「夢の泪」

花は黙って咲いている。
人が見ていなくても平気だ。
人にほめられたからといって奢《おご》らない。

「闇に咲く花」

新しいもの、うつくしいもの、
すばらしいもの、
あらゆるものがゴミになる。
それが世界のありのままのすがた。
ただし、
ただひとつの例外は、時間じゃや。

「決定版　十一ぴきのネコ」

世の中に合せて生きて行くのがなぜ悪い？
そなたのような世の中から外れた
すね者にはわかるまいが、
これは辛抱のいる大仕事。
大仕事だからこそわたしたちは
涙を流しながらでも世の中に合せようと
必死になっている。

「頭痛肩こり樋口一葉」

時は残酷だから、
何万回となく月がのぼれば、
どんなことでも、はるか遠くへと
遠のかせてしまうでしょう。

「花よりタンゴ」

他人からいわれなく金もらったり、
おごられたりするの、
おれもいやだな。
おれ、きっとなんかお返しするもんな。

「浅草キヨシ伝」

戦争は自然現象ではない。
一から十まで人間の行為である。

「夢の泪」

永久につづくことなど、
この世ではなに一つないんですからな。

「紙屋町さくらホテル」

安全は危険　危険は安全
便利は不便　不便は便利
地獄は極楽　極楽は地獄
きれいはきたない　きたないはきれい
すべての値打を　ごちゃまぜにする
そのときはじめて　おれは生きられる

「天保十二年のシェイクスピア」

恨みから恨みへとつなぐこの鎖が
この世を雁字《がんじ》搦《がら》めに縛り上げてしまう前に、
たとえ、いまはどんなに口惜しくとも、
わたくしはこの鎖を断ち切ります。

「ムサシ」

啖呵

心は決して事態を変えぬ。
事態を変えるのは物質《もの》だけです。

「表裏源内蛙合戦」

人間のかなしいかったこと、
たのしいかったこと、
それを伝えるんが
おまいの仕事じゃろうが。

「父と暮せば」

たがいの生命《いのち》を大事にしない思想など、
思想と呼ぶに価《あた》いしません。

「組曲虐殺」

おれはもっともっと
やりてえことがあるんだ。
この世の中を登れるところまで
登ってみてえのさ。

「藪原検校」

辛くても独立することです。

「十一ぴきのネコ」

これからどう生きようかですって？
ふん、今まで通りですよ、
鼻から息を吸って、口から食物を流し込み、
両手を振って足であんよをして
生きて行くに決ってます。
こればっかりは江戸が東京《とうけい》になろうが、
東京が化物になろうが、
どうにも変りようはないんだ。

「たいこどんどん」

絶望するには、
いい人が多すぎる。
希望を持つには、
悪いやつが多すぎる。

「組曲虐殺」

人はひとりで生き、
ひとりで死んで行くよりほかに道はない

「芭蕉通夜舟」

生まれて初めてですよ、
太陽を抱きしめてやりたい
と思ったのは。

「シャンハイムーン」

どんな村もそれぞれが
世界の中心になればいいのだわ。

「イーハトーボの劇列車」

あとにつづくものを　信じて走れ

「組曲虐殺」

ひさしぶりに煙草がおいしいよ。
いい仕事のあとの一服、
極楽だねえ。

「化粧」

「紙屋町さくらホテル」	（1997 新国立劇場）
「貧乏物語」	（1998 こまつ座）
「連鎖街のひとびと」	（2000 こまつ座）
「化粧二題」	（2000 こまつ座）
「夢の裂け目」	（2001 新国立劇場）
「太鼓たたいて笛ふいて」	（2002 こまつ座）
「兄おとうと」	（2003 こまつ座）
「夢の泪」	（2003 新国立劇場）
「水の手紙　—群読のために—」	（2003 国民文化祭 やまがた・二〇〇三）
「円生と志ん生」	（2005 こまつ座）
「箱根強羅ホテル」	（2005 新国立劇場）
「夢の痂」	（2006 新国立劇場）
「私はだれでしょう」	（2007 こまつ座）
「ロマンス」	（2007 こまつ座＆シス・カンパニー）
「少年口伝隊一九四五」（『リトル・ボーイ、ビッグ・タイフーン～少年口伝隊一九四五～』を改題）	（2008 日本ペンクラブ）
「ムサシ」	（2009 朝日新聞社／テレビ朝日／財団法人埼玉県芸術文化振興財団／こまつ座／ホリプロ）
「組曲虐殺」	（2009 こまつ座＆ホリプロ）

このリストは井上ひさしさんお別れの会リーフレット、「the 座」第68号『日本人のへそ／井上ひさし追悼号』によった。

「新・道元の冒険」　（1982 五月舎）
「化粧」　（1982 地人会）
「仇討」　（1982 TBS ラジオ）
「我輩は漱石である」　（1982 しゃぼん玉座）
「化粧二幕」　（1982 地人会）
「もとの黙阿弥」　（1983 松竹）
「芭蕉通夜舟」　（1983 しゃぼん玉座）
「頭痛肩こり樋口一葉」　（1984 こまつ座）
「唐来参和」　（1984 しゃぼん玉座）
「國語元年」　（1985 NHK テレビ）
「きらめく星座　昭和オデオン堂物語」　（1985 こまつ座）
「國語元年」　（1986 こまつ座）
「泣き虫なまいき石川啄木」　（1986 こまつ座）
「花よりタンゴ　銀座ラッキーダンスホール物語」
（1986 こまつ座）
「キネマの天地」　（1986 松竹）
「闇に咲く花　愛敬稲荷神社物語」　（1987 こまつ座）
「雪やこんこん　湯の花劇場物語」　（1987 こまつ座）
「イヌの仇討」　（1988 こまつ座）
「決定版　十一ぴきのネコ」　（1989 こまつ座）
「人間合格」　（1989 こまつ座）
「シャンハイムーン」　（1991 こまつ座）
「ある八重子物語」　（1991 松竹新派）
「中村岩五郎」　（1992 地人会）
「マンザナ、わが町」　（1993 こまつ座）
「オセロゲーム」　（1994 こまつ座　公演中止）
「父と暮せば」　（1994 こまつ座）
「黙阿彌オペラ」　（1995 こまつ座）
「普通の生活」　（1996 こまつ座　公演中止）

井上ひさし全戯曲（執筆年順）

「看護婦の部屋（白の魔女）」	（1958 浅草フランス座）
「うかうか三十、ちょろちょろ四十」	（1958 初演は1987 安澤事務所）
「さらば夏の光よ」	（1959 同人会）
「帰らぬ子のための葬送歌」	（1960 女子パウロ会）
「神たちがよみがえったので」	（1960 女子パウロ会）
「日本人のへそ」	（1969 テアトル・エコー）
「長根子神社の神事」	（1970 日劇ミュージックホール）
「満月祭ばやし」	（1970 東宝）
「表裏源内蛙合戦」	（1970 テアトル・エコー）
「十一ぴきのネコ」	（1971 テアトル・エコー）
「どうぶつ会議」	（1971 劇団四季）
「道元の冒険」	（1971 テアトル・エコー）
「星からきた少女」	（1972 劇団四季）
「金壺親父恋達引」	（1973 NHKラジオ）
「珍訳聖書」	（1973 テアトル・エコー）
「藪原検校」	（1973 五月舎）
「天保十二年のシェイクスピア」	（1974 西武劇場プロデュース）
「それからのブンとフン」	（1975 テアトル・エコー）
「たいこどんどん」	（1975 五月舎）
「四谷諧談」	（1975 芸能座）
「雨」	（1976 パルコ・五月舎）
「浅草キヨシ伝　強いばかりが男じゃないといつか教えてくれたひと」	（1977 芸能座）
「花子さん」	（1978 五月舎）
「日の浦姫物語」	（1978 文学座）
「しみじみ日本・乃木大将」	（1979 芸能座）
「小林一茶」	（1979 五月舎）
「イーハトーボの劇列車」	（1980 三越劇場・五月舎）
「国語事件殺人辞典」	（1982 しゃぼん玉座）

本書は『井上ひさし全芝居』を底本としました。

装幀　和田　誠

井上《いのうえ》ひさし「せりふ」集《しゅう》

新潮

発行　二〇一三年一一月三〇日

著者　井上《いのうえ》ひさし
編者　こまつ座《ざ》
発行者　佐藤隆信
発行所　株式会社新潮社
住所　〒162—8711 東京都新宿区矢来町七一
電話　編集部(03)三二六六—五四一一
　　　読者係(03)三二六六—五一一一
http://www.shinchosha.co.jp
印刷所　錦明印刷株式会社
製本所　加藤製本株式会社
乱丁・落丁本は、ご面倒ですが小社読者係宛お送り下さい。送料小社負担にてお取替えいたします。
価格はカバーに表示してあります。

ISBN978-4-10-302334-0　C0095